Margot
l'escargot

le scarabée

la g...

...le
...ole

Mireille
l'abeille

César
le lézard

la puce

Léonard
le têtard

Merlin
le merle

Oscar
le cafard

Lorette
la pâquerette

Luna
la petite ourse

Camille
la chenille

Solange
la mésange

Cyprien
le chien

Adrien
le lapin

Loulou
le pou

Prosper
le hamster

Grace
la limace

Ursule
la libellule

Gabriel le
lutin de Noël

Benjamin
le Père Noël
du jardin

Georges...
rouge-g...

théo
le mulot

Gallimard Jeunesse/Giboulées
Sous la direction de Colline Faure-Poirée
et Hélène Quinquin
Direction artistique : Syndo Tidori
Édition : Patricia Guédot

© Gallimard Jeunesse 2001
© Gallimard Jeunesse 2017 pour la nouvelle édition
ISBN : 978-2-07-507591-6
Premier dépôt légal : septembre 2001
Dépôt légal : juin 2017
Numéro d'édition : 322383
Loi n° 49956 du 16 juillet 1949
sur les publications destinées à la jeunesse
Imprimé en France par Pollina - L80786K

Les drôles de petites bêtes

Juliette la rainette

Antoon Krings
Gallimard Jeunesse Giboulées

Près du jardin, une vieille mare abritait dans la fraîcheur de ses roseaux une petite personne qui s'appelait Juliette. Elle avait des yeux tout ronds, un large sourire et un joli ciré vert pomme. Et comme toutes les rainettes (les grenouilles, pas les pommes), elle avait beaucoup de sœurs et de cousines. Malheureusement, si Juliette était douce et charmante, ses sœurs étaient sans cœur et ses cousines mesquines.

Hugo l'asticot se souvient encore de
la fameuse partie de pêche dont il fut
l'appât. Ce jour-là, il but une bonne tasse
et se jura de ne plus jamais y retourner.
Et, surtout, écoutez les misères que les
grenouilles firent à ce pauvre Roméo, qui
était pourtant un crapaud très comme
il faut, apprécié de tous au jardin.

En ce temps-là, Roméo venait souvent se promener sur les bords de la mare pour retrouver Juliette. Il l'aimait depuis toujours, mais il était si timide qu'il osait à peine lui adresser la parole.

– Pensez-vous que nous aurons de la pluie aujourd'hui, Mademoiselle Juliette ? lui dit-il ce jour-là.

– Hélas, le ciel est bleu, répondit-elle.

– Et sans nuages, ajouta Roméo.

– Quel dommage, murmura Juliette.

– Quel dommage qu'il soit si gros… et si laid !
s'écrièrent alors les sœurs, qui les épiaient,
la tête à fleur d'eau.

– Affreux et gras, renchérirent les cousines.
Coa-cra-cra !

Le pauvre petit crapaud s'affligeait tellement
d'être la risée de toute la mare que Juliette
s'écria hors d'elle :

– Mais laissez-le tranquille !

– C'est ça, laissons tomber ce vieux sac mouillé !
crièrent en chœur les vilaines sorcières.

Mais elles continuèrent à se moquer de Roméo si méchamment qu'il dut s'enfuir et rentrer au jardin. Là, il se cacha sous une pierre et pleura longtemps, longtemps, jusqu'à cette nuit où il entendit le chœur joyeux des prétendants. Alors Roméo, qui pensait toujours à Juliette, sortit de son trou et s'approcha de la mare. « C'est le bon moment pour l'enlever », se dit-il en sautant sur une feuille de nénuphar.

Timidement, il se mit à chanter sa romance, puis, prenant de l'assurance, il enfla la voix et sauta au milieu de la mare, bien en vue. Mais, au lieu du succès attendu, ce fut un vrai scandale. Les prétendants, verts de rage, le poussèrent dans l'eau boueuse, *plouf*, et tandis qu'il s'enfonçait dans la vase, les rainettes chantèrent d'une voix moqueuse : « Il pleut, il mouille, c'est la fête à la grenouille. Il est gros, il tombe à l'eau, c'est la fête du crapaud ! »

– Sauvez-le, il se noie ! hurla Juliette.

– Ah non ! Il n'en est pas question ! dirent
les prétendants. On s'est faits tout beaux,
on ne va pas plonger là-dedans !

Soudain, l'infortuné crapaud reparut à
la surface et nagea de toutes ses forces
pour atteindre la rive. Puis il se hissa sur
la berge et disparut dans les herbes,
la rage au cœur.

« Oh, si seulement je pouvais accomplir quelque chose d'extraordinaire, gémissait sans cesse Roméo. Quelque chose qui ferait de moi un héros aux yeux de Juliette. »
C'est alors qu'il eut une idée lumineuse en découvrant le tuyau d'arrosage qui courait sur la pelouse comme un long serpent sans tête.
« Voilà un déguisement effrayant, sous lequel personne ne me reconnaîtra », se dit-il en se glissant dans l'embouchure du tuyau.

Après quelques douloureuses contorsions pour enfiler son nouvel habit, il se déroula lentement, et la tête la première rampa en se tortillant vers les roseaux. Aussitôt ce fut l'épouvante chez les grenouilles. Prises de panique à la vue de l'effroyable serpent, elles bondirent dans tous les sens, et se jetèrent à l'eau.

Roméo profita de ce remue-ménage pour se faufiler jusqu'au jardin. Là, à l'abri des regards, il se débarrassa du tuyau et revint au bord de la mare en chantant fièrement : « C'est moi le plus fort, c'est moi le plus grand chasseur de serpent, le prétendant au cœur ardent… »
Il fredonnait encore quand soudain Juliette surgit hors de sa cachette et lui sauta au cou : « Roméo, c'est merveilleux ! Tu nous as sauvées ! »

Puis elle appela ses sœurs à tue-tête :
« Roméo a tué le serpent ! Roméo a tué
le serpent, *couic*, il lui a coupé la tête ! »
Et bientôt une foule bondissante et joyeuse
se pressa autour d'eux. Pendant que les
prétendants se bousculaient pour féliciter
le crapaud, les sœurs et les cousines
embrassaient Juliette, qui répétait
amoureusement : « J'adore mon Roméo.
Je l'adore ! »

« Bravo ! Youpi ! s'écriaient les rainettes en chœur. Hourra ! Marions-les, marions-les ! » Et toutes s'empressèrent de préparer la noce. Ursule la libellule accepta (une fois n'est pas coutume) de venir y faire un tour, et l'on vit même Hugo l'asticot dressé sur sa queue en se tortillant de plaisir.

Marie
la fourmi

Louis
le papillon
de nuit

Frédéric
le moustique

Antonin
le poussin

Juliette
la rainette

Odilon
le grillon

Pascale
la cigale

Valérie la
chauve-souris

Benjamin
le lutin

Patouch
la mouche

Adèle
la sauterelle

Siméon
le papillon

Henri
le canari

Nora petit rat
de l'Opéra

Noémie
princesse
fourmi

Gaston
le caneton

Victor
le castor

Pierrot
le moineau

Édouard
le loir

Pat
le mille-pattes

Belle
la coccinelle

Bob le
bonhomme
de neige

Blaise
et thérèse
les punaises

Maud
la taupe